CATALOGUE

DES

CHEMINÉES MONUMENTALES

CHÊNE ET NOYER

Styles Renaissance, Louis XIII et Flamand

MEUBLES ANCIENS ET MODERNES

Époques et Styles Louis XIV, Louis XV, Louis XVI
et Empire

OBJETS DE VITRINE ET ÉTAGÈRE EN SAXE, SÈVRES

TABLEAUX

Par Henri Picou, Netter, Chardiny, Cicéri, Gavarni

PANNEAU DÉCORATIF

De BÉNÉDICT MASSON

DONT LA VENTE AURA LIEU

HOTEL DROUOT — SALLE N° 3

Le Lundi 20 Décembre 1897

A DEUX HEURES DE RELEVÉE

COMMISSAIRE-PRISEUR	EXPERT
Me H. JOUAULT	M. F. JACOMET
Rue Drouot, 14	Rue de Provence, 11

EXPOSITION PUBLIQUE

Le Dimanche 18 Décembre 1897, de 2 heures à 6 heures

PARIS — 1897

CONDITIONS DE LA VENTE

Elle sera faite expressément au comptant.

Les Acquéreurs paieront CINQ POUR CENT en sus des adjudications.

MAULDE, DOUMENC et Cie, imp. de la Cie des Commissaires-Priseurs,
rue de Rivoli, 144.   5oo—7o889

2 O Décembre 1897.

P

VENTE
DU LUNDI 20 DÉCEMBRE 1897
HOTEL DROUOT, SALLE N° 3
A DEUX HEURES DE RELEVÉE

CHEMINÉES MONUMENTALES
CHÊNE ET NOYER

Styles Renaissance, Louis XIII et Flamand

MEUBLES ANCIENS ET MODERNES
Époques et Styles Louis XIV, Louis XV, Louis XVI
et Empire

OBJETS DE VITRINE ET ÉTAGÈRE EN SAXE, SÈVRES

TABLEAUX
Par Henri Picou, Netter, Chardiny, Cicéri, Bonnemaison
Michel Lévy, etc.

PANNEAU DÉCORATIF
De BÉNÉDICT MASSON

TRÈS BEAU FUSIL DE CHASSE
Provenant de la Vente Max Lebaudy

COMMISSAIRE-PRISEUR	EXPERT
Me H. JOUAULT	M. F. JACOMET
Rue Drouot, 14	Rue de Provence, 11

EXPOSITION PUBLIQUE

Le Dimanche 19 Décembre 1897, de 2 heures à 6 heures

PARIS — 1897

DÉSIGNATION

TABLEAUX, AQUARELLES
GRAVURES, DESSINS, EAUX-FORTES

1 — **Benedict Masson.** Grand Panneau décoratif. Peinture à la cire : *Terpsichore.*

H. 2^m ; L. 1^m.

2 — **Bonnemaison.** Cour de Ferme.

H. 0^m23 ; L. 0^m33.

3 — **Casano.** Fleurs.

H. 0^m65 ; L. 0^m55.

4 - **Chardiny.** Marine.

H. 0^m35 ; L. 0^m60.

5 — **Chardiny.** Deux Têtes de Chien.

H. 0^m22 ; L. 0^m35.

6 — **Chardiny.** Tête de Chien.

H. 0^m20 ; L. 0^m25.

7 — **Chardiny.** Fleurs.

H. 0^m41 ; L. 0^m35.

8 — **Chardiny**. Fleurs.

H. 0^{m}41 ; L. 0^{m}35.

Fait pendant au précédent.

9 — **Chardiny**. Nature morte.

H. 0^{m}33 ; L. 0^{m}40.

10 — **Chardiny**. Nature morte.

H. 0^{m}33 ; L. 0^{m}40.

Fait pendant au précédent.

11 — **Chardiny**. Fleurs.

H. 0^{m}17 ; L. 0^{m}22.

12 — **Chardiny**. Fleurs.

H. 0^{m}17 ; L. 0^{m}22.

Fait pendant au précédent.

13 — **Chardiny**. Paysage hollandais.

H. 0^{m}33 ; L. 0^{m}35.

14 — **Chardiny**. Caravane dans le désert.

H. 0^{m}23 ; L. 0^{m}33.

15 — **Chardiny**. Caravansérail.

H. 0^{m}23 ; L. 0^{m}33.

Fait pendant au précédent.

16 — **Cicéri**. Château ruiné.

Sanguine.

H. 0^{m}12 ; L. 0^{m}18.

17 — **Corot** (Attribué à). Paysage.

H. 0^{m}23 ; L. 0^{m}32.

18 — **Corot** (Attribué à). Paysage.

H. 0^{m}23 ; L. 0^{m}32.

19 — **Corot** (Attribué à). Paysage.

H. 0^m23 ; L. 0^m32.

20 — **Foloppe.** Paysage.

H. 0^m40 ; L. 0^m55.

21 — **Gavarni.** Ne lui parlez pas des artistes.

Dessin à la plume.

H. 0^m29 ; L. 0^m18.

22 — **Gavarni.** Ne lui parlez pas des bourgeois.

Dessin à la plume.

H. 0^m29 ; L. 0^m18.

23 — **L. Huber.** Nature morte.

H. 0^m33 ; L. 0^m40.

24 — **L. Huber.** Nature morte.

H. 0^m33 ; L. 0^m40.

Fait pendant au précédent.

25 — **H. Lanoue.** Femme arabe.

H. 0^m50 ; L. 0^m30.

26 — **Michel Lévy.** Parisienne au balcon.

H. 0^m70 ; L. 0^m50.

27 — **Netter.** Effet de neige.

H. 0^m50 ; L. 0^m60.

28 — **Netter.** Paysage.

H. 0^m60 ; H. 0^m90.

29 — **Henri Picou.** Amour entraînant une jeune Fille.

Le droit de reproduction de ce tableau a été vendu à la Maison Braun, avenue de l'Opéra.

H. 0^m30 ; L. 0^m18.

30 — **Henri Picou.** Jeune Homme portant l'Amour.

Le droit de reproduction de ce tableau a été vendu à la Maison Braun, avenue de l'Opéra.

H. 0m30; L. 0m18.

31 — **Henri Picou.** Jeune Fille jouant avec un Chat.

H. 0m35; L. 0m20.

32 — **Henri Picou.** Jeune Femme avec son Enfant.

H. 0m35; L. 0m20.

33 — **H. Picou** (Attribué à). Femme assise tenant un Enfant couché sur ses genoux.

H. 0m41; L. 0m32.

34 — **Rockla.t.** Naufrage.

H. 0m65; L. 0m90.

35-36 — **Sarrabat.** Japonaiseries.

Gravures.

H. 0m12; L. 0m08.

37 — **Sarrabat.** Paysage italien.

Gravure.

H. 0m15; L. 0m18.

38 — **Sarrabat.** Gravure contre-épreuve. Cadre bois sculpté.

H. 0m20; L. 0m30.

39 — **Tournière.** Pierre de la Roche, Mousquetaire du Roy.

Gravure.

H. 0m33; L. 0m25.

40 — **A. de Villers** (Attribué à). Paysage.

H. 0^m32 ; L. 0^m55.

41 — **Inconnu.** Intérieur Flamand.
Gravure.

H. 0^m29 ; L. 0^m37.

41 *bis* — Terre Cuite. Original. *Enfants*, de
T. Hébert.

OBJETS DE VITRINE ET ÉTAGÈRE

PORCELAINES

42 — Boîte à ouvrage ivoire, Louis XVI, ancienne.

43 — Service porcelaine de l'Empire, composé de seize pièces décorées de paysages.

44 — Deux Vases de Sèvres gros bleu, de la Manufacture Nationale.

45 — Deux bouteilles hollandaises, verre gravé.

46 — Saucière en Saxe.

47 — Plateau en Saxe.

48 — Statuette : Enfant jouant du tambour, en Saxe.

49 — Statuette sur socle : *L'Été*, en Saxe.

50 — Chien en Saxe.

51 — Six Compotiers Sèvres.

BRONZES

52 — 2 Candélabres style Empire en bronze doré.

53 — Pendule bronze doré représentant un guerrier avec son casque par terre.

54 — Belle Lampe de parquet à pétrole, style japonais, en bronze vert à ornements de feuilles et tulipes avec abat-jour en corde.

55 — Pendule Empire, bronze doré.

56 — Pendule Empire, bronze doré.

57 — Encrier Empire, bronze doré.

58 — Encrier, style Louis XV en bronze doré.

59 — Jardinière Empire, bronze doré.

60 — Pendule Louis XVI.

MEUBLES

61 — Cheminée monumentale, style Renaissance en noyer, parties anciennes. Atre.

62 — Cheminée monumentale, style flamand, en noyer. Atre.

> Les photographies de ces deux cheminées sont chez Mr JOUAULT qui les tient à la disposition des amateurs tous les jours de 9 heures à 6 heures.

63 — Cheminée monumentale avec glace, style Louis XIII, en chêne. Atre.

64 — 6 Lions en bois sculpté portant les armes des villes de Rouen, Le Havre, Dieppe, Louviers, Lisieux, Bayeux, pouvant s'adapter à une rampe d'escalier.

65 — Meuble de salon, style et époque Empire, en bois d'acajou, recouvert en soie rouge à ornements argentés composé de : *canapé, chaises, fauteuils*

66 — Console Empire.

67 — Meuble de salon Louis XV, en noyer, composé d'un canapé, 2 fauteuils, 2 chaises recouverts d'une étoffe soie et laine Louis XV.

68 — Salle à manger chêne, composée d'un buffet à deux corps, table à rallonges, 6 chaises.

69 — Joli petit Bureau de dame en marqueterie bois de rose et mosaïque de fleurs, garni de bronzes.

70 — Petit Bureau à tablette (le corps du haut composé, au centre, de quatre tiroirs et de chaque côté une petite porte renfermant des tiroirs.)

71 — Petite Table forme cœur, marqueterie riche-
ment garnie de bronzes dorés.

72 — Vitrine hollandaise marqueterie, le bas for-
mant commode.

73 — Petite Table rognon marqueterie à damiers
avec tablette d'entre-jambes.

74 — Table Louis XV en bois de rose, avec
marqueterie de citronnier garnie de bronzes.

75 — Tabouret gothique.

76 — Meuble chêne, genre crédence très fin.

77 — Mouvement d'horloge Louis XV, cadran
bois doré.

78 — Commode Louis XV.

79 — Glace Empire.

80 — Dessus de table oriental brodé or fin.

81 — Deux Fenêtres, tentures Pompadour laine et
soie.

82 — Grande Carpette de 4^{m}50 × 4^{m}50.

82 *bis* — Fusil de chasse, calibre 12, percussion
centrale, provient de la Vente MAX LEBAUDY.

MEUBLES DIVERS ET AUTRES OBJETS.

INSTRUMENTS DE MUSIQUE

83 — Piano de Baehr, palissandre verni.

7 octaves 1/2.

84 — Violon de Rémy de Crémone.